LOS DESCUBRIMIENTOS DE *Lucas y Lucía*

Puedes consultar nuestro catálogo en www.picarona.net

La catapulta
Texto e ilustraciones: *Associazione Tecnoscienza*

1.ª edición: septiembre de 2017

Título original: *Bebo e Bice. La catapulta*

Traducción: *Lorenzo Fasanini*
Maquetación: *Isabel Estrada*
Corrección: *Sara Moreno*

Edita: Picarona, sello infantil de Ediciones Obelisco, S. L.
Collita, 23-25. Pol. Ind. Molí de la Bastida
08191 Rubí - Barcelona - España
Tel. 93 309 85 25 - Fax 93 309 85 23
E-mail: picarona@picarona.net

ISBN: 978-84-9145-096-2
Depósito Legal: B-17.444-2017

Printed in Spain

Impreso en España por ANMAN, Gràfiques del Vallès, S. L.
C/ Llobateres, 16-18, Tallers 7 - Nau 10.
Polígon Industrial Santiga.
08210 - Barberà del Vallès (Barcelona)

Lucas

es un gusano rosa.

- **Le gusta:** mirar por todas partes y armar líos.
- **De mayor quiere ser:** explorador.
- **Marcas distintivas:** pajarita y lupa.

Lucía

es una pulga azul.

- **Le gusta:** jugar y tener siempre nuevas ideas.
- **De mayor quiere ser:** científica.
- **Marcas distintivas:** bolsa naranja y gafas.

LA CATAPULTA

Ilustraciones:
Francesco Zito

Picarona

LUCAS: MIRA, LUCÍA, YA HEMOS LLEGADO AL ESTANQUE DE AMADEO.

LUCÍA: ¡POR FIN! TENGO MUCHAS GANAS DE JUGAR CON ÉL A LOS PIRATAS.

RRRRR
ZZZZ

LUCÍA: ¡EH, AMADEO! ¿DÓNDE ESTÁS?

LUCAS: MIRA, ESTÁ AHÍ ARRIBA.
¡VAMOS, DORMILÓN, DESPIERTA!
BAJA, QUE JUGAREMOS A LOS PIRATAS.

AMADEO: TENGO SUEÑO,
DEJADME DORMIR.

AMADEO: RRRR

LUCAS: ¡CUÁNTAS HOJAS! MIRA ÉSTA: ¡PARECE UN BARCO!

LUCÍA: ¡QUÉ BONITA ES! SERÁ MI GALEÓN.

AMADEO: ZZZZ

LUCÍA: ¡SOY EL PIRATA DE LOS SIETE MARES!

LUCAS: ¡Y YO, EL TERRIBLE PIRATA ROSA!

AMADEO: RRRR

LUCAS: ¡HOLA, PIRATA DE LOS SIETE MARES! ¡CUIDADO, SE ESTÁ LEVANTANDO VIENTO!

LUCÍA: NO TE PREOCUPES, PIRATA ROSA, PRONTO VOLVERÉ CON MUCHOS TESOROS.

AMADEO: ¡SOCORRO!
¡QUE EL VIENTO ME LLEVA!

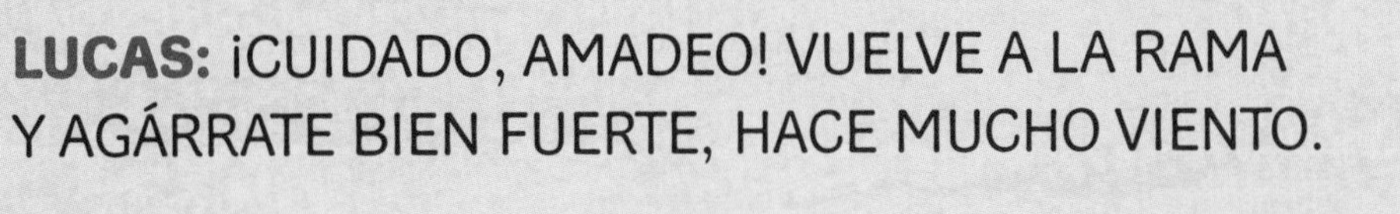

LUCAS: ¡CUIDADO, AMADEO! VUELVE A LA RAMA
Y AGÁRRATE BIEN FUERTE, HACE MUCHO VIENTO.

LUCÍA: ¡OH, NO, HE PERDIDO MI REMO!

LUCAS: ¡LUCÍA SE ENCUENTRA EN APUROS! TENEMOS QUE HACER ALGO.

AMADEO: LANZÉMOSLE OTRO REMO PARA QUE PUEDA VOLVER A LA ORILLA.

AMADEO: LUCAS, VAMOS A LANZARLE UNA RAMA CON TODA NUESTRA FUERZA...

LUCAS: ¡UNO, DOS Y... TRES!

LUCÍA: ¡OH, NO, SE HA CAÍDO AL AGUA!

AMADEO, VUELVE A LANZARME OTRA DESDE EL ÁRBOL.

AMADEO: UNO, DOS Y... TRES.

LUCÍA: ¡UF, EL LANZAMIENTO SE OS HA QUEDADO CORTO!

AMADEO: ¡QUE ME CAIGOOO!

LUCAS: ¡ESTOY VOLANDO!

AMADEO: ¡VAYA VUELO, LUCAS!
CASI CASI LLEGAS A LUCÍA...

LUCÍA: ¡CLARO! YA SÉ LO QUE IRÁ BIEN
PARA LANZARME UN REMO: UNA CATAPULTA.

PROBAD A CONSTRUIR UNA.

LUCAS: ¡VALE, VAMOS A **PROBAR**!

HAGAMOS UN EXPERIMENTO

¡PRUEBA TÚ TAMBIÉN!

NECESITAREMOS:

1 PRIMERO, PONDREMOS EL MANGO DE LA CUCHARA ENCIMA DE LA GOMA DE BORRAR Y LA CABEZA EN LA MESA.

2 LUEGO, TOMAREMOS UN TROCITO DE PAPEL Y HAREMOS UNA BOLITA.

3 PONDREMOS LA BOLITA EN LA CABEZA DE LA CUCHARA.

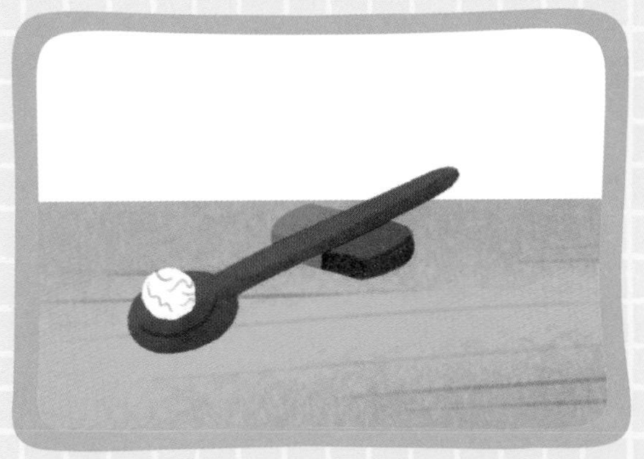

- SI EMPUJAMOS HACIA ABAJO EL MANGO DE LA CUCHARA...

¿QUÉ SUCEDE?

- COLOQUEMOS EL MANGO DE LA CUCHARA MÁS ADELANTE O MÁS HACIA ATRÁS Y EMPUJÉMOSLO DE NUEVO...

¿QUÉ SUDECE?

- Y AHORA, SUSTITUYAMOS LA BOLITA DE PAPEL POR CUALQUIER OTRO OBJETO PEQUEÑO Y VOLVAMOS A INTENTARLO...

¿QUÉ SUCEDE?

LUCAS: ¡ACABAMOS DE CONSTRUIR UNA BONITA CATAPULTA! ¿FUNCIONARÁ?

AMADEO: ¡VAMOS A PROBARLA! ¿SALTO ENCIMA DE ELLA?

LUCÍA: SALTAD LOS DOS A LA VEZ,
EL IMPULSO SERÁ MAYOR.

AMADEO: ¡LO HEMOS CONSEGUIDO!

LUCAS: ¡VIVAAA! ¡NUESTRA CATAPULTA HA FUNCIONADO!

LUCÍA: ¡GRACIAS, AMIGOS,
ME HABÉIS SALVADO!

AMADEO: SOMOS LOS PIRATAS DE LA CATAPULTA...

LUCAS: ... ¡Y ESTAMOS PREPARADOS PARA NUEVAS AVENTURAS!

Los descubrimientos de Lucas y Lucía: Lucas es un gusano rosa y Lucía una pulga azul. Son amigos inseparables y juntos forman una divertida pareja: él es un bromista; ella, un poco traviesa y siempre busca aventuras. Empujados por la curiosidad, constantemente encuentran cosas extrañas y singulares que luego, gracias a unos sencillos experimentos, consiguen explicar.

Los autores: Tecnoscienza.it es una asociación de la ciudad de Bolonia que pretende explicar la ciencia por medio de muestras, experimentos, juegos... Lucas y Lucía son los protagonistas de una serie de actividades para explicar la ciencia que están dirigidas a niños de 3 a 6 años.

Otro título de la serie: